KB042157

# 일교차로 만든 집

**시작시인선 0163** 일교차로 만든 집

**1판 1쇄 펴낸날** 2014년 5월 15일
**지은이** 정채원
**펴낸이** 채상우
**디자인** 정선형
**펴낸곳** (주)천년의시작
**등록번호** 제301-2012-033호
**등록일자** 2006년 1월 10일
**주소** 100-380 서울시 중구 동호로27길 30, 413호(묵정동, 대학문화원)
**전화** 02-723-8668
**팩스** 02-723-8630
**홈페이지** www.poempoem.com
**이메일** poemsijak@hanmail.net

ⓒ정채원, 2014, printed in Seoul, Korea

**ISBN** 978-89-6021-204-6 04810
       978-89-6021-069-1 04810(세트)

**값** 9,000원

＊이 책 내용의 전부 또는 일부를 재사용하려면 반드시 저작권자와 (주)천년의시작 양측
  의 동의를 받아야 합니다.
＊잘못된 책은 바꾸어 드립니다.
＊지은이와 협의에 의해 인지는 생략합니다.
＊이 책의 국립중앙도서관 출판시도서목록(CIP)은 서지정보유통지원시스템 홈페이지(http://
  seoji.nl.go.kr)와 국가자료공동목록시스템(http://www.nl.go.kr/kolisnet)에서 이용
  하실 수 있습니다.(CIP 제어번호: CIP2014013438)

# 일교차로 만든 집

정채원

천년의
ㅅ 작

시인의 말


　내 몸속에 다른 생물이 들어와 함께 살기 시작했다. 어언 20년이 다 돼 간다. 아니, 훨씬 더 아득한 날부터다. 몸 안의 생물이 조종하듯 나는 한밤중에도 물가로 갔고 들판을 헤매었으며 바람 속에서 꽃을 꺾었다. 무릎까지 푹푹 빠지는 모래언덕을 기어오르다 날이 밝아 오곤 하였다. 몸 안의 그 생물은 내 고독과 불안과 슬픔을 먹고 자랐다. 자라면 또 알을 낳았고 유충은 자라면서 더 많은 먹이를 필요로 했다.

　그를 품고 살며 늘 추웠다 더웠다 한다. 얼었다 녹았다 하며 하루하루 모호하게 메말라 간다. 여러 겹으로 안전하게, 안전하게 부서져 간다.


2014년 4월

# 차례

시인의 말

**제1부**

낙원 빌 ──── 13

DD에 가면 ──── 14

막후 ──── 16

우로보로스 ──── 18

시신 없는 살인 사건 ──── 20

일교차로 만든 집 ──── 22

불타, 오른다 ──── 24

비가역 회로 1 ──── 25

비가역 회로 2 ──── 26

얼룩무늬 화물 ──── 28

발굴 ──── 30

에임즈 룸 ──── 32

문워커(Moonwalker) ──── 34

자각몽 ──── 36

월요일 오후 4시 티타임 ──── 38

분열의 역사 ──── 40

제2부

공무도하記 ——— 45

우거지와 전구 ——— 46

입주 ——— 48

패치워크 ——— 50

고릴라를 보는 방법 ——— 52

젖은 손바닥 ——— 54

불쇼 ——— 56

검은 비닐봉지 ——— 58

쓰나미 ——— 60

사월 ——— 62

합선(合線) ——— 63

공연 ——— 64

어떻씨와 함께하는 11월 저녁 ——— 66

안개표범벌레 ——— 68

벼룩시장에서 만난 해골 ——— 69

먹물 ——— 70

지구인 ——— 72

그레고르와 춤을 ——— 74

세외도원(世外桃園) ——— 76

제3부

꽃잎, 점자 ——— 79

참외처럼 외로운 저녁 ——— 80

현대, 미술관 ——— 82

장미의 배경 ——— 84

조각 그림 맞추기 ——— 86

새장을 키우는 사람 ——— 88

짝눈 ——— 90

재활용 ——— 92

원스 인 어 블루 문(Once in a blue moon) ——— 93

불곰이 불쑥 ——— 94

20초 동안만 ——— 96

멍멍한 왼쪽 귀와 오른쪽 귀 사이 ——— 98

월명(月明) ——— 100

천 년 여행 ——— 101

밖에는 비가 오나요 ——— 102

**제4부**

봉쇄수도원 1 ——— 107

봉쇄수도원 2 ——— 108

계단의 방향 ——— 110

울음의 내부 ——— 112

절강성 ——— 114

하지불안증후군 ——— 116

밤의 네 번째 서랍 ——— 118

통과 ——— 120

입 ——— 122

검은 달 ——— 124

절경 ——— 125

서더리탕 ——— 126

붉은 파도 ——— 128

지난 60년 동안 ——— 130

누설 ——— 132

여우호수 ——— 134


**해설**

**황현산** 암흑의 타자 또는 에로스의 덩어리 ——— 135

제1부

## 낙원 빌

불빛을 등지고 앉은 내 뒷모습이 보인다 불빛을 마주한 상대방 얼굴을 볼 수 없다 604호 불빛에 먹혀 버린 사람은 왼손을 들어 문을 가리킨다 808호에는 깊은 생각에 잠긴 듯 죽은 사람이 있다 곁에는 내 친구들 연락처가 적힌 수첩이 펼쳐져 있고 한쪽 다리가 부러진 안경도 떨어져 있다 이인삼각 놀이를 하다 너는 발목을 나는 목을 부러뜨렸지 숨이 막혀도 서로 부둥켜안고 놓지 않았어 내가 가장 아끼던 모자는 화장실에 걸린 채 입을 꼭 다물고 305호 문이 잠겨 있다 문 앞에서 나와 한 아이가 이야기를 하고 있다 너는 꼭 내 어릴 때를 닮았구나 엄마의 심부름으로 아스피린을 사 오던 나는 20년 후의 나를 알아보지 못한다 아이는 나를 피해 비상구 쪽으로 가려 한다 계단들 벽들 문들을 지나 어디에 있든 어디에 숨든 나를 피해 가지 못한다 지하에서 백년옥 1층으로 오르는 계단에서는 갓난아기 울음소리가 들린다 내 생일은 첫눈 내리는 4월의 밤, 어떤 기억도 기대도 없이 한 사람이 낙원에 막 당도했다

## DD에 가면

먼지로 뭉쳐진 심장과 발가락
그리고 입술들이 사는 곳
두 사람의 입술이 겹쳐진다
먼지로 만들어졌지만 먼지 맛이 나지 않는다
향기롭고 따뜻하다

미세 먼지처럼 폐포를 뚫고
혈관으로 스며드는 단맛에 눈뜬 연인들
스모그 낀 하늘처럼 가슴은 답답하고 숨이 차고
이유도 모르는 채 어딘가 자꾸 아프고

손을 잡은 거리에서도 서로의 얼굴이 보이지 않는다
목소리로 그 표정을 가늠할 뿐이다
문자 속에 이모티콘을 추가할 때처럼
잡은 손에 몇 번 더 힘을 주거나
깃털처럼 손바닥에 간지럼을 태우거나

부서질라, 이미 부서진 영혼이지만
흩어질라, 수천 번 산산이 흩어진 몸이지만

달빛 아래
잠시 역광으로 빛나는 실루엣
상대를 향해 고개를 숙이고 있다
몇 만 광년을 달려온 듯 눈은 빛나고 싶겠지만
얼굴은 어디로 도망갔는지

누구에게 쫓기는 건지
어떤 일로 도망 다니는지도 모르는 채
신호등도 보이지 않는 길을 헤매고 있다

밤낮으로 앞을 가리는 저 자욱한 먼지는 분명히
그들이 태어나기 전부터
그들에게서 비롯된 것이다

허파꽈리 속에 가득 찬 먼지를 뱉어 내려는 듯
기침 소리, 기침 소리
얼굴은 보이지 않아도
아직은 서로가 곁에 있다
짙은 먼지 속에도

# 막후

막이 내린 뒤에도
쿵쿵 뛰어다니는 심장이 있다

탁자 위엔 반쯤 마시다 만 술잔
바닥엔 깨어진 유리 조각
누군가 밀친 것인가
꽃병에서 쏟아진 물이
벌어진 바닥 틈새로 스며들고 있다

모자를 눌러쓴 남자가 전신 거울을 들고 껑껑 구석으로
사라진다

총알이 분명히 심장을 관통했다
나는 피 흘리며 쓰러졌는데
아직도 왜 싸늘한 바닥에 그대로 누워 있나

방 한쪽엔 몸집 큰 짐승처럼 웅크린 검은 피아노
빛나는 이빨들 위로
악보도 아직 펼쳐져 있다
연주자는 보이지 않는데

16

소품을 들고 발길들 이리저리 뛰어다닌다

막은 다시 오를 것인가

무대감독이 내 치맛자락을 밟고 지나간다
왼쪽 발을 놓친 신발이 조금씩 젖어 들고 있다

우로보로스


몇 겹 어둠 속을
제 꼬리를 물고 맴돌았나
눈뜨면 다른 방이었다

말을 타고 달리며 화살을 쏘았다
말에서 굴러떨어지는 얼굴을 다른 말들이 밟고 달려갔다
피는 내 가슴에서 흐르고
나는 아직도 살아 있나 뙤약볕 아래
표범의 몸뚱이에 사람의 얼굴을 하고 깨어났다
찢어진 콧잔등에서 흘러내리는 모래 알갱이
안간힘을 쓰며 흘러내리지 않으려는
모래 알갱이, 바람이 불면 이쪽에서 저쪽으로 돌아눕는
구겨진 파지가 휴지통 근처에 아무렇게나 쌓여 있는 방
검은 잉크로 물든 검지를 한참 내려다보다
읽던 책으로 얼굴을 덮고 잠들어 버렸다
언제나 단칸방이었다
아기를 재우고 있었다
아기가 빨던 공갈젖꼭지가 바닥에 떨어져 있고
자장가를 부르다 하품을 하다 그만 잠들어 버렸다
방은 하나뿐이라는데 낯선 방은 자꾸만 열리고

먼지바람 날리는 붉은 별에서 뱀처럼 바닥을 기었다
어둠 속에 소리쳐 다른 생명체를 찾았다
아무 소리도 나오지 않았다
밤안개가 입김처럼 가슴을 덮었다
수많은 뒤통수가 떡 버티고 선 어둠 속으로 검은 물체가
날개를 퍼덕이며 내 어깨를 사납게 치며 사라져 갔다
돌아서지 않는 얼굴, 문득 잠 깨면 너와 내가 바뀌어 버
린 얼굴
잠 속의 잠으로 꿈속의 꿈으로 방은 끝없이 이어지고
이 방에서 저 방으로 옮기는 사이 서로를 잊었고
다른 방에서 마주쳐도 화살 자국을 알아보지 못했다
화살을 쏜 자도 화살을 맞은 자도 그 누구도

# 시신 없는 살인 사건

자백 9일 만에 주범은 숨졌다
살아 있는 공범들은 말이 없다
그가 둔기로 J의 머리를 내려치는 순간
그들은 J의 양팔을 붙잡고 있었다는데

시신은 발견되지 않았다

절벽에서 바다로 밀어 넣었는지
불태웠는지
토막 내 그들 가슴속에 한 조각씩 묻었는지
풍선처럼 불어서 하늘로 날려 보냈는지

J의 시신은 아직까지 발견되지 않았다

공범이라 밝혀진 A와 P,
비바람 거센 밤이면
A의 머릿속 계단을 오르는 발자국 소리 들린다
밤새 이어지는 발자국 소리
P가 거울과 마주치면 항상
등 뒤에 J가 서 있다

목 하나만큼 키가 큰 J가 거기
슬픈 눈으로

식당 벽면에 붙은 거울 속에서도
J가 밥을 먹는다
A가 곰탕을 먹으면 J도 곰탕 국물을 후루룩

계단으로 식당으로 시장 바닥으로 교회로
그는 사방 돌아다닌다
A와 P만큼 바쁘게 돌아다닌다

그러나 아직 발견되지 않았다
모든 A와 P가 사라진 뒤에도
어쩌면 그의 시신은 발견되지 않을 것이다

아무도 죽인 적 없는
주범은 먼저 고백하고
먼저 발견되었다, 시신으로

## 일교차로 만든 집

꽁꽁 얼려 두었어요
언제 창문을 열 수 있을지
어떤 허기가 찾아올지 모르거든요
달 없는 밤에 홀로 깨어
눈뜬 채 얼어 있는 고등어와
눈을 맞추는 일
지느러미를 쓰다듬어 보는 건 어떨까요
출렁이는 물결에 자맥질하던 시절
아직도 잊지 못했나요
사랑이 올 때와 떠나갈 때의
지독한 수온 차
그건 얼어붙은 갈치 은비늘 속에도 새겨져 있을 걸요
영하 20도로 얼어 있다가도
고춧가루 벌겋게 뒤집어쓰고 냄비 속에서
펄펄 끓는 건 시간문제이지요
조각난 무를 부둥켜안고 흐물흐물 풀어지는 몸
열탕도 냉탕처럼 예고 없이 찾아오는 거랍니다
포근한 솜이불에 파묻힌 당신
이따금 시리도록 흐느끼는 건
지느러미 찢긴 채 갑판 위에서 냉동고로 끌려가던 그날

그 악몽에 다시금 등이 얼어붙는 중인가요
함께 잠들어도 홀로 눈뜨는 밤
홀로 냉동고로 끌려가는 밤
지독한 일교차에 이불을 목까지 끌어 덮는
새벽이면 이어지는 마른기침 소리

## 불타, 오른다

정상이 바로 코앞인데 죽어 가는 사람들, 로프에 매달린 채 이미 죽어 있는 사람들, 정상에 올라 깃발을 꽂고 사진을 찍고 하산하다 죽는 사람들, 칼바람 눈보라를 헤치고 간신히 하산한 사람들, V를 그리던 손가락 얼어 터진 발가락을 자르고야 집으로 돌아가는 사람들.

살아남은 사람들이 다시 빙벽을 오른다

죽을힘을 다해
죽기 위해

불타오른다
짧게, 혹은 조금 덜 짧게

겨우내
목을 꺾지 않던 동백도
붉은 눈으로 지새우던 나도

목매달 나무가 필요하다

# 비가역 회로 1

    터진 풍선에 볼을 비비랴 금 간 꽃병을 안고 잠든들 꿈만 젖을 뿐 깨진 항아리는 깨진 항아리 세상에는 뚜뚜팡팡크 크가 존재한다 신이 존재한다 수맥도 자석도 나는 믿지 못 하겠다 차라리 너의 모자를 믿는다 모자는 수시로 변하는 네 눈빛을 가려 주는 것 모자는 언제나 같은 표정이다 일관 성 있는 것에 나는 열광한다 사용법도 모르면서 아무 단추 나 누르지 마라 여우 울음 울지 못하는 여우 목도리가 겨울 밤 성대 수술이라도 한다는 거냐 수술칼을 들고 아무 코나 베지 마라 바가지는 바가지 더 이상 지붕 위의 달빛에 뒤척 거릴 수 없다 넓적한 잎사귀를 빗방울에 흔드는 고무나무가 될 수 없어 타이어는 오늘도 아스팔트 위를 달릴 뿐이다 닳 아빠질 때까지 구멍 난 가슴을 안고, 오, 구두여, 너는 무 슨 죄로 오늘도 법정에 불려 다니느냐 날짐승과 들짐승 사 이에 낀 박쥐처럼 캄캄한 지구에 거꾸로 매달려 말라 가는 장미여, 향기는 네게 다시 돌아오지 못하리

## 비가역 회로 2

안방 문이 닫히지 않는다
화장실 타일이 밤새 한 장 더 깨졌다
직장암 말기의 옆집 부인이 떠나간 건 석 달 전
지난밤 도둑고양이가 커튼이라도 찢을 듯
자정의 창문 앞에서 한동안 울다 갔다
새우잠 속에 등뼈가 왼쪽으로 조금 휘는 동안
침대는 창 쪽으로 한 눈금쯤 더 밀려갔다
장미와 진딧물이 끊임없이 싸우던
잠 속에서 불현듯 깨어 불을 켜면
시트 머리맡이 축축하다
오래전부터 분명히 함께 살고 있는 것들
바퀴벌레나 침대 밑 먼지처럼
환한 곳에는 좀체 드러나지 않는 것들
그렇다고 나를 떠난 것은 아니다
배관 속에선 이따금 밭은기침 소리가 나고
아파트 벽에 균열이 나뭇가지처럼 무성히 자라고 있다
투명한 얼음과자 속의 통팥처럼 얼어붙은 내가
간신히 창밖을 내려다본다
매일 조금씩 기울고 있다
누군가 얼음과자를 으드득 깨물기 직전

아파트 기울기의 각도는?


옆집 아이가 자전거를 타고 달려간다
쓰레기 트레일러를 뒤지던 고양이가 훌쩍 뛰어나온다
자전거가 잠시 기우뚱
앞 동 뒤로 사라진다
앞 동과 뒤 동 사이에 아이만 한 구멍이 하나 뚫려 있다

## 얼룩무늬 화물

지푸라기로 가득한 인형의
가슴 속에서 불쑥 튀어나온 강철 스프링처럼
화물 상자는 개봉되는 순간
당신을 깜짝 놀라게 할 수도 있다
그러나 어떤 해석도 넘어서는
외부는 간결하다

빗속에 번들거리며
얼룩이 부풀어 오르는 그 포장은
잿빛으로 혹은 붉은빛으로
표정을 바꿀지도 모른다
가장 불행한 시기에
가장 익살스러운 극본을 쓴 작가가 있다

쓰다 만 명세서와 거친 매듭으로 봉인된 상자 속
발톱을 세운 짐승이 거친 숨을 몰아쉬는지
이따금 등 뒤가 들썩거린다
벽을 긁는 소리도 들린다

뼈마디 쑤시는 독감을 앓고 난 다음 날, 혹은

오래도록 사랑하던 누군가를 갑자기 떠나보낸 뒤
천천히 한쪽 얼굴을 지우는 연습을 하는 저녁
달리는 화물의 무게가 조금 달라진다

우리 안을 서성거리는 울음소리
머지않아 당도할 목적지를 예감하며
눈을 감았다 주먹을 쥐었다 하고 있다
철저히 보호된 고독 속에서
한 생을 마쳐야 할 멸종 위기의 짐승처럼

어둠이 만지고 간 것은 믿을 수 없다

# 발굴

당신의 블로그도 발굴될지 모른다
수천 년 뒤
먼 이국의 지하 묘지에서 발굴된
벽화 속 어떤 개종한 사도처럼

한쪽 어깨가 무너져 나간 채
쉬지 않고 이야기하는 그를,
곱슬머리와 부리부리한 눈망울로
누군가를 삼킬 듯한 그를

사람들은 복원해 내고야 말 것인가
밤새워 써 보낸 메일을 발송 취소하는 당신의 정오

어쩌면 은전 몇 닢을 두고 다른 사도와 언쟁 중이었을지도
모르는 그를
어쩌면 어린 창녀에게 사랑을 고백하는 중이었을지도 모
르는 그를

왼쪽 뺨을 맞으면 오른쪽 뺨을 내밀라는 그로
어떤 탕자도 돌아오면 맨발로 뛰어나가 맞아 주라는 그로

사람들은 복원해 내고야 말 것인가
만개한 유채 꽃밭을 배경으로 찡그린 듯 웃고 있는 당
신을
새로 포스팅하는 한밤중

불그스름한 미간을 긁어내면
개종의 알뿌리를 캐낼 수 있을까
무늬 살아 있는 왼쪽 주머니를 들추면
꼬깃꼬깃한 서신 원본이 들어 있을까

그가 들어 올린 한쪽 손은
수천 년 손사래 치는 건지도 모른다
어둠 속에 모든 짐 내려놓은 그를
어떤 복음으로도 깨우지 말아 달라고
어떤 거룩한 표지로도
오래된 슬픔을 출력하지 말아 달라고

에임즈 룸*

이 가을엔 P가 사기꾼 같다
머리통 위에 수박 하나 얹은 만큼 키도 커 버렸다
지난여름 건달이었던 y는
주머니 속 초콜릿을 계속 만지작거리기만 한다

P는 오른쪽 구석으로
y는 왼쪽 구석으로
둘이 자리를 바꾼다
Y의 몸통이 풍선처럼 부풀어 오르고
p는 어느 틈에 난장이가 되어 있다

2년 전 가을부터 사랑을 호소하는
p의 얼굴을 조각 그림으로 맞추어 본다
검정색 조각으로는 담배 피우는 남자
흰색으로 보면 술에 취한 여자 얼굴
왼쪽 뺨에선 물고기가 헤엄을 치고
오른쪽 귀에선 새가 날아오른다
소녀의 이마가 할머니의 턱이 되고
할머니의 목주름이 소녀의 스커트가 되기도 한다
Y의 심장 속 말라깽이 공주는

어느 틈에 뚱보 마녀가 되어 있다

천사를 먼저 보든 악마를 먼저 보든

구겨질 것도 펴질 것도 없다

발가락은 구두 속에 다소곳이 숨어 있지만

엄지가 검지보다 늘 키가 큰 건 아니다

다정했던 오른손이

오늘은 왼손보다 더 무뚝뚝하다


찢어 버린 원근법 틈새로

우울한 표정의 회색 물방울이 똑똑 떨어진다

P와 y가 다시 자리를 바꾸려다 미끄러진다


● 에임즈 룸(Ames Room): 미국의 알버트 에임즈 주니어가 1943
년에 고안. 배경에 의해 사물의 크기가 달라 보이는 광학적 착시 현상
을 보여 준다.

## 문워커(Moonwalker)

그의 주식은 밤이다
어둠을 스펀지처럼 빨아들인다
천장에 거꾸로 매달려
뜬눈으로 새벽을 맞는다

어느 날 갑자기
원인 모를 병에 걸린 사실을 알게 되거나
호젓한 뒷골목
이유도 모르고 뒤통수를 얻어맞는다거나

가슴에 할퀸 자국이 있다
아무런 통증도 모르고 돌아와
옷을 갈아입다 놀란다

짧고 높은 파장의 소리를
반사하는 심장들
부풀어 오르는 어둠 속에서
일기를 쓰고 다른 울음소리를 알아듣는다
피를 나누어 준다

밤보다 어두운 대낮을 지나온
그는 밤마다 얼굴들을 수집 중이다
달빛을 길게 끌며
거울 속에 나타나는 얼굴들

물기 한 점 없는
검은 현무암 웅덩이를 바다라 부르며
달을 건너가는 동안
발목이 천천히 지워지는 사람들

# 자각몽

어항 속 같은 도서관 열람실에서
누군가 벌떡 일어나 꽥 소리칠 때

가슴 유리창을 박차고
불현듯 날아오른 피 묻은 새
점, 점, 까마득한 점이 될 때

눈코입이 지워진 얼굴들
나침반이 돌아가지 않을 때

―나는 어디든 갈 수 있고, 언제든 돌아올 수 있어

오랜만이야
그동안 어떻게 지냈어

―나는 이제 여기 살지 않아

구름 알갱이들이 모였다 흩어지고 다시 모여
아무도 모르게
조금씩 가라앉는 막다른 골목

비가 부슬부슬 내리기 시작하고
커피는 식어 가고
누군가 시작한 첫사랑 이야기는 지루하게 이어지고

―여기 안 살아, 안 살아

땅에 떨어진 날벌레와 막 피어난 꽃잎
으깬 걸 바르면 특효라지
비안개에 물린 데

Freeze! 누군가 외쳤다
깊이를 알 수 없는 축축한 어둠 속

―나는 이미 여기 없는데

# 월요일 오후 4시 티타임

그때 죽지 않을 수도 있었는데
전화가 다섯 번 울리고 받지 않을 수도 있었는데
더듬거리다 꽃병을 쓰러뜨리지 않을 수도 있었는데
비가 가늘게 오고 창문을 열지 않을 수도 있었는데
주차장을 지나가는 초록 모자와 눈이 마주치지 않을 수도
있었는데
간헐천처럼 갑자기 뜨거운 것을 뿜지 않을 수도 있었는데

그때 죽이지 않을 수도 있었는데
주머니를 뒤지지 않을 수도 있었는데
희망약국 위 펄럭이는 플래카드를 읽지 않을 수도 있었
는데
수첩 맨 뒷장을 찢지 않을 수도 있었는데
찔러도 찔러도
피 흘리지도 죽지도 않는 검은 가방
먼저 뛰어내리지 않을 수도 있었는데

일주일 전 죽은 사람은 지금 카모마일 차를 마시고
8년 전 그가 죽인 사람은 여행 잡지를 뒤적이다 하품을
하고 있다

그때 돌아보지 않을 수도 있었는데

그때 돌아오지 않을 수도 있었는데

# 분열의 역사

나를 반으로 자르셔요
동지 그믐달이 나를 낳았고
말복 태양이 나를 키웠으니
반씩 나누셔요, 어둠과 빛 교차하는
얼룩말 문양을 온몸에 새기고
음습한 달의 자식이라 불릴 때마다
막 떠오르는 달걀 후라이를 즐겨 먹었지요
금사로 수놓은 태양신 가디건을 걸치고 다녔지요
월병은 어쩐지 입에 대기도 싫었어요
한입 깨물면 검은 치마 위에 우수수 부서져 내리던 달
과자
달빛 부서지던 밤이었나요
모서리에 부딪히기만 해도 가슴뼈가 무너지던 아이
흰자위 푸르스름한 아이가 창가에 앉아 있었지요
모래로 지은 집 문지방 밑엔 까만 쥐들 우글거리고
살얼음 낀 달빛 아래
마당 조각 조각 잔금 긋던 튤립나무 빈 가지들
성당이 서 있는 바닷가 언덕
밤바다 잔뜩 거품 물고 달려오고, 오늘도
플라나리아 분열하듯 나는 또 나를 낳지요

낯선 두 여자가 샴쌍둥이처럼 등을 맞대고 킬킬거리는 밤

좌심방엔 푸른 피가 우심실엔 붉은 피가 굽이치지요

피 한 방울 흘리지 않고

태양이 달을 꿀꺽 삼키는 그날을 위해

달은 매일 동쪽 방향으로 13도씩 이동하는데

제2부

# 공무도하記

가는귀먹은 귀에 검은 이어폰을 꽂고
횡단보도를 건너간다
모자를 푹 눌러쓴 채 포장마차
오뎅 국물과 소주잔을 건너간다
얼얼한 목구멍으로 언 별을 잔뜩 삼키고
동짓달 그믐밤을 건너간다
은하수를 건너 건너
간신히 다시 밝은 아침
입안에 군별이 가득 들어 있다
밤새 타들어 가던 머리 풀어헤친 여인이
강을 건너간다
주머니에 돌멩이를 가득 채운 채

그대, 나를 건너지 마오

## 우거지와 전구

오늘도 시장에 가네
꿈틀거리는 전복과 물미역을 지나
우거지와 전구를 사러 가네

어두컴컴한 북향 부엌을 밝히던
전구는 얼마 못 가 껌벅거리네
새벽부터 한밤중까지 전등 아래서도
잎은 광합성을 할까
한쪽만 뚫어져라 응시하다
붉게 충혈된 전구

긴 외출 후 돌아오면
어항 속 물고기도 전등처럼 껌벅거리고
아침에 먹다 남긴 우거짓국은
냄비 속에서 저 혼자 부글거리지

식어 빠진 국을 앞에 놓고 우리는
눈만 자꾸 껌벅거리네
먹다 남은 국을 또 데울까
이젠 새 국을 끓여야 하지 않을까

물과 전등과 잎사귀만 있어도
엽록소는 언젠가 사라졌어도


온종일 축 처진 북향 부엌
어떤 전구도 오래 버티지 못하네
오늘도 시장에 가네
푸른 열무와 얼갈이를 지나
우거지와 전구를 사러 가네
찬물에 담가 두지 않으면 부글거리는 우거지

입주


먼지떨이가 된 깃털과 소파가 된 물소는 서로를 어떻게
이해할 것인가
침대가 된 호두나무와 식탁이 된 호두나무는 어느 쪽이
더 행복할까


당신의 대답이 무엇이든
달은 이지러지고 식탁엔 김칫국물이 떨어지겠지만


쇠창살을 박은 통유리 창문으로
맞은편 아파트 갓 칠한 회벽들을 본다
지는 해는 창틀을 녹여 저녁을 밀봉시키고
나는 잠시 눈을 감는다


물소를 타고 뉴스 네트워크를 보며
소를 찾아 나서거나
소를 아주 잊거나


어느 쪽이든
깃털은 빠지고 침대는 제자리를 지키겠지만

숙면할 수 없는 열대야가 이어지고
'입주를 환영합니다'
어느 틈에 신축 아파트 회벽을 따라
시퍼런 잡초가 자라기 시작했다

# 패치워크

냉정한 벽과 침대를 이어 붙일 거야
너의 중세와 나의 르네상스를 마주 잡고 들들들
박음질을 해야지, 아래층과 위층을 계속 이어 붙여
칸칸이 잠버릇이 다른 고층 아파트를 만드는 거야
9층에서 누가 따귀를 때리니
5층 아기가 자다 깨어 앙앙 울어 대고
정원에서는 목련이 터지더군
꽃은 필 줄도 알지만 질 줄도 알지
아기가 운 그날부터 딱 열하루째 날 우수수
오줌 싼 기저귀 꼴로 바닥에 떨어지고 말았지
죽은 교황과 갈릴레이를 악수시킬 수 있다면
떨어진 꽃잎이 다시 가지 위로 올라붙을까
지는 꽃과 피는 꽃을 이어 붙인다면
반은 울고 반은 웃는 얼굴
꽃보다 아름다운 꽃이 될까
할머니는 자꾸 딸꾹질을 하고 복사꽃은 부풀어 오르네
늑대가 울면 바다코끼리가 헐떡거리고
1층이 이사 가는 날 13층이 집수리를 시작하더군
아, 요즘은 일교차가 너무 크다네
조각 이불을 목까지 끌어 덮어도 깊은 잠은 오지 않고

아파트 주민들은 밤새 들들들
토막 꿈을 이어 붙이다 모란이 피네
모란이 괜히 피었다 지네

## 고릴라를 보는 방법[*]

눈이 마주치면 안 돼!

고릴라는 눈이 마주치면 자신을 공격하는 것으로 여긴다

관객들은 고릴라 안경을 쓰고 있다

하늘을 올려다보거나 발등을 우두커니 내려다보는

눈을 그려 넣은 안경

곁눈질도 금물이다

빤히 보면서도 보지 않아야 한다

입술은 웃음을 머금고도 눈은 영 딴청이다

고리 군과 고리 양 부부는 도대체 합방할 기미가 없다

멸종 위기다

얘, 너 내 구두 훔쳐 갔지?

아니요 제 모자는 집에 두고 왔는데요

그럼 오늘 함께 자자

오리발을 내민다

시치미를 뚝 뗀다

지능범 흉내를 낸다

신유인원관에선 멸종 위기에 처한 고릴라

합방 작전 이벤트를 하고 있다

포르노를 틀어 주고

조각 그림 맞추기 게임을 시킨다

이기면 새 모자를 사 주기로 한다
훔쳐 간 구두를 상대방이 신고 있더라도
똑바로 쳐다보진 말아야 한다
빤히 보면서도 보지 않아야 한다
눈을 그려 넣어야 한다

●연합뉴스 제목.

# 젖은 손바닥

갑작스런 빗속에 우산도 없이
아가위나무 회갈색 둥치에 기대어 선 적 있다
빗속을 날아가던 하얀 나비
눈 깜박이자 보이지 않았다
5월의 흰 꽃과 9월의 붉은 열매
내 손바닥에서 태어나
나와 함께 숨 쉬고 잠드는 나무가 있다
뾰족한 가시와 깃털 같은 잎새들 아래
유리창 깨진 집 한 채 보인다
뭐라 쉬지 않고 웅얼웅얼
황사 바람 들락거리는 창문 너머
전선이 끊어진 전화기가 있고
가시 만발한 선인장 화분이 지키는 그 집
책상엔 읽다 만 책 몇 권 펼쳐져 있다
한밤중 몹시 흔들리던 아가위 검은 가지
달빛 젖은 그림자가 제목들만 훑다 돌아가고
나머지 유리창마저 깨져 가는 그 집
바람이 애써 책장을 넘기고
끊어진 전선 위에 나비가 앉았다 날아가는 날에도
의미심장한 고유명사 하나

속삭여 주지 않았다, 갈색 점무늬 번져 가는 나무 아래
어쩌다 마른번개나 장대비가 예고 없이
내 손바닥을 적시고 지나갔다

# 불쇼

불길은 왼쪽 가슴으로 번져 나갔다 어깨를 타 넘어 혀까지 타들어 갔다 목구멍을 뚫고 터져 나오는 불덩이, 한동안 입술을 깨물고 문을 걸어 잠갔던 것도 모두 허사였다 이리저리 막말이 불똥처럼 튄다 외계인은 왜 꼭 사람처럼 생겼을까 천사처럼 잘 웃을까 그 입에서 전갈이 나온다고 불로 막겠다고 내 입에서 나온 불덩이에 내 옆구리 눌어붙고……타는 냄새 진동해도 멈추지 못한다 불기둥을 맨가슴 위로 흔드는 차력사처럼

초승달 흉터는 심장 바로 위에 남았다 팔을 움직일 때마다 물린 자리가 눈웃음친다 초승달 뜬 앞산이 슬퍼 보인다 일 년 열두 달 만월을 보지 못하는 마을, 산사태로 뼈마디를 드러낸 벼랑에 벼락 맞은 나무가 있다 계속 고통스러워하다가 결국 죽을 것 같은 뿌리가 드러나 보인다 검게 탄 나무둥치가 두 동강 나고도 물을 빨아들이는 걸 멈추지 못하는지 실뿌리는 끙끙거리며 한쪽으로 구부러져 있다 아물지 않은 절개지가 큰비에 붉은 토사를 울컥거리고

쪼글쪼글해지는 날까지 장작 불구덩이에서 기름방울을 뚝뚝 흘린다 바람이 끼얹는 모래 한 줌에 피식거리며 뒤척

인다 공중제비하며 첩첩 화염 바퀴를 통과하며 만 리 길 가는 가죽 부대들, 그슬린 옆구리로 쉬지 않고 모래 알갱이 새어 나간다 어제 불덩이의 고통은 잊고 새 불덩이를 보면 달려들어 삼키는 길에서

비공개 불쇼가 끝난 후 잿더미 속에는 반짝이는 금니나 뽀얀 구슬 몇 알, 부러진 뼈마디를 잇던 나사못 몇 개도 남는다 긴 비에 떠내려가는 반쯤 타다 만 기억들, 부서진 정강이뼈들

# 검은 비닐봉지

낡아 빠진 나일론 배낭을 메고 검은 비닐봉지를 내미네 흰머리를 아무렇게나 틀어 올린 어머니가, 쪼글쪼글한 몸빼 바지를 입은 당신의 어머니가 지하 계단을 오르내리는 승객들에게 다가드네 입 벌린 검은 비닐봉지 속으로 누군가 동전 몇 개 짤랑 던져 넣네 내 어머니가 내 어머니의 어머니가 노잣돈 모자라 선릉역 떠나지 못하고 있네 검은 비닐봉지 허기진 입을 점점 더 크게 벌리네

아가야 시장 떡집 앞에서 실종된 아가야
검은 비닐봉지에 콩떡 수수떡 싸 가지고 오겠다던 어머니, 보고 싶어요 어머니, 깜빡 손을 놓쳐 버린 어머니
왼쪽 눈 밑에 눈물점이 있는 야윈 체격의 여섯 살 여자아이를 찾아요

어제도 오늘도 낙성대에서 신도림에서 어머니 손 놓쳐 버린 손목들이 둥둥 떠다니네 아직도 집에 돌아가지 못하네 입 벌리고 잠든 아기를 포대기로 싸 업은 눈이 퀭한 젊은 어머니가, 한 손엔 캬라멜 봉지를 움켜쥔 상고머리 사내애의 손을 꼭 잡은 어머니가 미아삼거리 떠나지 못하고 있네 학여울을 서성거리고 있네 아버지의 어머니, 아버지의 아버

지의 어머니가 백 년도 더 된 검은 비닐봉지를 내 코앞에 불
쑥 들이미네 검은 비닐봉지 어머니 속으로 백 살도 더 된 쪼
글쪼글한 미아가 쑤욱 빨려 들어가네

쓰나미


잠이 들면
가족들이 밀려든다
그는 둥둥 떠다니는 집

막 샤워를 마친 아버지와
저녁 설거지를 끝낸 어머니가
웃으며 과일 접시를 들고 소파에 와 앉는다
방과 후 학원까지 다녀온 동생이
티브이 앞으로 와 앉고
과일 한쪽을 씹다가 채널을 돌린다

그들은 순식간에 물건처럼 다 밀려 나가고
잠이 깬 그는 머리를 한번 세게 흔들고
눈을 몇 번 깜빡이고는
무너진 집터를 또 찾아 나선다
어머니가 아끼던 꽃무늬 찻잔과
동생이 안고 자던 인형이 저만치 눈을 껌벅인다

배낭에 앨범과 인감도장과 통장을 챙기던 아버지는,
겉옷을 일곱 겹씩 껴입고

주머니에 초콜릿을 움켜 넣던 어머니는
지금 어디쯤에서 밀려오고 있나

잠이 들면 언제나
먼 바다 어디쯤에 숨었던 그들이 눈 깜짝할 새 밀려든다
그는 밤새 둥둥 떠다니고

사월


여자는 분수대 벤치에 누워 있다
숨진 지 여러 날 된 아기를
품에 꼭 안고

보랏빛 작은 입술 속으로 퉁퉁 불은 젖을 짜 넣고 있다

아기는 죽은 뒤에도
머리카락이 일 센티쯤 자랐다

# 합선(合線)


새벽 2시 10분쯤

그는 아들과 손자를 깨워 대피시켰다


중풍으로 거동이 불편한 아내를 껴안은

그가 숨진 채 발견됐다


방바닥에는 잿가루와 유리 파편이 깔려 있다

검게 그을린 창문이 모두 깨진 집


화재 원인은 아직 밝혀지지 않았다

# 공연

외줄타기를 하던 청년이 떨어진 거 외에는
나무랄 데가 없는
서커스를 보고 온 사람들
공짜로 나눠 주는 신약도 타 왔다는데

나는 손목도 묶이고
발목도 묶인 채 마법에 걸린 듯
목관 속 어둑한 나라
홀로 누워 숫자를 거꾸로 센다

뚜껑 덮고
대못을 쾅쾅 박고
떠나간 사람들
내가 0에 도달하기까지
아무도 끼어들진 못할 것이다

공중제비를 하며 건너던 사막
입으로 불을 토하던
시즌 1은 싸늘하게 잊힐 것이다

모자 쓴 마법사가 불쑥
마술피리 불며 나를 깨운다
시즌 2가 시작된다

이건 아닌데 고개를 갸웃거리기보다
조연 배우의 연기를 즐기려 한다
주인공을 이따금 대역하기도 하는

얼굴에 하얗게 분칠한 사람들
눈 깜짝할 새 얼굴을 휙휙 바꾸는 연습을 하면서
순서를 기다리고 있다

# 어녕씨와 함께하는 11월 저녁

너와 악수하면 석고로 만든 손가락 하나
뚝 부러져 나온다

포옹할 땐 지푸라기 어깨
부실부실 짚 먼지가 떨어져 나오고
목덜미엔 칼이 꽂혀 있다
쇳조각을 이어 붙인 심장은
나의 체온에 따라 뜨거웠다 식었다 한다

멀리서 보면 너의 표정은 대체로 온화하다
잘 다려진 양복을 입고
이따금 고급 모자도 썼다 벗었다 한다

오늘은 어떤 코를 붙이고 서 있을까
쇼윈도를 들여다보며
더 슬퍼 보이는 한쪽 눈을 닦아 끼곤 하겠지
처진 왼쪽 입술을 당겨 올리면서

네 목덜미에 꽂힌 칼끝이 삐죽이 나와
내 이마를 찌른다

피 흘리며 몰두하는 포옹 속에

피가 빠져나가는 만큼 나도 지푸라기 몸이 된다

젖은 눈을 얼른 빼서 주머니에 넣는다

## 안개표범벌레

그가 의문의 사고를 냈다 버스 지붕 위로 올라가 시속 80km로 달리는 차 위에서 물구나무를 서다가 떨어졌다 그 행동을 유발한 것으로 추정되는 안개표범벌레는 덜 익힌 안개표범 고기를 통해 체내로 들어온다 대개 망상소화기관에 머물며 불면과 체중 감소를 일으키는 그 벌레, 알은 꿈길로 스며들어 혈관을 타고 흘러 다닌다 벌레가 뇌로 침투하면 이 별의 모든 나무들이 속삭이는 소리가 들리고, 잎사귀를 만질 때마다 손가락이 떨어져 나간다고 한다 얼어붙은 땅속에서 꽃의 노래가 들려오고 몇 달씩 짙은 안개 속에 한 발짝도 떼지 못한다고 한다 그리고 무엇보다 언젠가 자기가 떠나온 그 별로 돌아가고 싶은 욕망을 조절할 능력이 급격히 감소한다고, 안개표범과 마주치면 재빨리 피하든지 아니면 때려잡더라도 고기를 충분히 익혀 먹어야 한다고 의학자들은 경고했다

그는 반생을 가려운 듯 꿈틀거리다 짝짝이 표범무늬 날개를 달고 서둘러 가 버렸다 우리는 젖었다 말랐다 하는 얼룩무늬 외투를 입고 아직도 어슬렁거리는데

## 벼룩시장에서 만난 해골


　앤디 워홀이 만들었다나 벼룩시장에서 샀다는 해골로 만든 작품 '두개골'이 있지 내 해골을 긁적거리면 네 해골이 시원해질 수도 있을까 몰라 빈대가 들끓는 내 영혼을 보여 주어야 네 영혼을 들여다볼 수 있다고 외치는 건가 입을 힘껏 벌리고 있네 벼룩시장에서 산 것이라고 벼룩이 들끓는 건 아니라네 고르고 튼튼한 이빨들, 벌레 먹은 것 하나 없이 그는 죽음에 먹혀 버렸네 죽음은 확실히 벌레보다 힘이 세구나 기둥 다 갉아먹히고도 서까래만 남아 버티는 귀신사 마을에, 죽은 듯 살아 있는 세상에, 오, 세상에 그는 어쩌다 말짱한 이빨로 끌려간 것일까 중고품이긴 하지만 이제 너는 슬픔과는 무관하구나 온갖 낡은 귀신들이 출몰하는 만물시장 내 두개골을 두드려 본다 잘 익었니 당도는 충분하니 골이 너무 깊어지기 전에 너무 딱딱하게 굳어지기 전에 팔아 버리자 팡, 팡, 튀겨서 팔아 버리자 뚜껑이 열릴 때마다 호시탐탐 골 밖으로 튀어 나가려는 앤디, 오, 앤디, 골만 잘 두드리면 벼룩도 빈대도 예술이라고

# 먹물

조금씩 식어 가는 태양 아래
우린 검은 빵을 뜯어 먹는다
나이프로 안심을 잘게 자른다
오후 3시는 미디엄 웰 던
가슴뼈 안쪽 가장 연하고 부드러운 그곳
아직 완전히 응고되지 못한
붉은 피가 슬몃 엿보인다

누구든 걸려들면 씹히는
극장 부속 오가닉 레스토랑
누군가 가슴 깊숙이 감추고 있던
먹물 총을 꺼내 쏘고 달아난다
우리의 무대를 얼씬거리던 그를
충분히 씹어 삼키는 동안
미간까지 먹물이 번져 든다

피 묻은 입술을 닦고 일어서
우리는 먹물 든 손을 흔들며 사라져 간다
검게 번져 드는 뒷모습
무대 위에 검은 발자국을 찍으며 간다

먹물이 몸 안 가득 차오르는 날

불현듯 누군가를 향해 발사될

총이라도 감춘 듯

심장 근처를 남몰래 더듬기도 하면서

# 지구인

지구 끝까지 가 보지 않고도
지구의 둘레를 알 수 있다, 면서
마주 보는
너와 나 사이의 거리는 측정하지 못한다
측정해 낸다 해도
얼굴을 돌리는 순간 그 거리는 변한다

지구 밖에서
지구가 보인다는 게 사실이라면

대기가 없는 어느 가혹한 별에서
달처럼 멍하니 너를 바라보고 싶다
얼음 알갱이와 먼지 고리 사이
빛나는 드레스 자락을 길게 끌며
제 춤에 취한 무희처럼 어둠 속을 돌고 돌다
블랙홀 속으로 빨려 들어가는 너를 보게 될지 모른다
몇 차례의 모래 폭풍과 불타오르던 아침을 까맣게 잊고
나선형으로 서서히 혹은 쏜살같이

수십 억 번 심장이 뛴 후에야

나는 나를 볼 수 있으리라 믿는다
소나기처럼 유성우가 쏟아지는 밤
아아 소리치며 셔터를 눌러도
화면에는 아무도 없는 밤
문득 낯선 별에 떨어진 운석처럼
눈을 휘둥그레 뜨고
입을 꼭 다물고

## 그레고르와 춤을

잠을 잘 수도
꿈꿀 수도 없는 그레고르
밤새 나와 춤을 추어요

잠이 들면
드라큘라의 키스를 받을지도
뒤통수에 겹눈이 달린 악마로 변할지도

어두워지면 부지런히 옷을 갈아입고
무도회로 가야지
달려가다 부서진 난간 사이로 발이 빠져
영영 빠져나올 수 없더라도

오늘은 밤
내일은 밤의 밤
밤이 지나면 잠시 꿈속의 대낮

깨어 있어야 해
아득한 바다에서 태풍이 몰려와
추수 앞둔 곡식을 한 번에 쓸어 가고

정원의 장미는 목이 부러지고

꽃봉오린가 하면 벌써 꽃잎 흩날리지
눈을 부릅뜨고
밤새 지켜도 쭈글쭈글해지지
묶어 놓을 수 없는 모래 알갱이들

파도 앞 모래시계를 한 번 더 뒤집었어
아직 시간이 조금 남아 있어
이 밤이 가기 전에
눈꺼풀도 사라진 나와 함께 춤을 춰

# 세외도원(世外桃園)


　사시사철 꽃이 핀다 어제는 내가 피고 오늘은 네가 피고
내일은 그가 핀다 어제 핀 꽃은 오늘 지고 오늘 핀 꽃은 내
일 지고 내일 핀 꽃은 모레 진다 때로는 어제 핀 꽃이 오늘
도 피어 있고 내일도 피어 있고, 오늘 핀 꽃은 피자마자 지
기도 한다 내일 필 듯하던 꽃이 모레도 피지 않고 글피에도
피지 않고, 어제 핀 꽃은 모레도 지지 않고 글피에도 지지
않는다 하나의 꽃에만 붙잡히지 않도록, 하나의 의미로만
기억되지 않도록 한꺼번에 무더기로 피어난다 내 꽃 네 꽃
그의 꽃 사방의 꽃들이 다음 날도 그 다음 다음 날도 지지
않는 척한다 내 남자의 꽃이 시들 듯하다가도 다시 싱싱해
지고 네 여자의 꽃이 죽을 듯하다가도 다시 살아난다 죽어
도 죽어도 죽지 않고, 죽고 싶어도 죽고 싶어도 죽지 못한다
복사꽃을 보면 그저 죽고 싶어진다 아니, 누군가를 죽이고
싶어진다 복사꽃 때문에 죽으면 그 자리에 복사꽃으로 피어
난다 그곳에 여러 번 가 본 듯도 하다

제3부

## 꽃잎, 점자


　언제부턴가 내 오줌에 네가 섞여 나오기 시작했어 핏속에 늘 맺혀 있던 붉은 꽃봉오리 갑자기 온 천지를 뒤덮을 듯 피어날 때, 꽃잎들 숨찬 듯 숨 막힐 듯 서로 볼을 맞대고 부벼 댈 때, 핏줄 속 종탑에서 우는 종소리, 창백한 얼굴로 호흡은 자꾸 빨라지고 고막을 찢을 듯 점점 더 커지는 종소리, 드디어 네가 내 몸 밖으로 흘러 나가기 시작하지 한참 흘려 보내고 나면 맥박이 제자리로 돌아오지 휴우 흘러 나간 너에게선 농익은 복숭아 냄새가 나지 가늘게 떨리는 손으로 허공을 더듬으면 청동가슴 때리고 떠나간 종소리, 노을 속 꽃구름처럼 떠 있지

　내 안에 얼룩처럼 피고 진 꽃잎들 점자처럼 짚어 보네 읽자마자 탄식 속에 잊어버린 꿈속 문장들 눈 감고 간신히 받아 적네 바닥에 쓰러진 꽃모가지들 밟고 가네 너로부터 멀어지며 진저리치며 떠나는 길목

　어디선가 부스스…… 또다시 뒤척이며 피어나는 소리 들리네

# 참외처럼 외로운 저녁

바닥을 흔들어 모래 가루를 몸에 얹고
모래 바닥이 천천히 움직이듯 그렇게 숨을 쉬어
바닥에 납작 엎드린 넙치처럼
저녁이 가기를 기다리는 거야
서쪽 하늘에 막 돋는 개밥바라기도
모래 덮인 눈으로 바라보아야 해
껌벅임도 없이 바라보아야지
공원 주차장 한가운데 서 있던 오백 년 느티도
잎새 몇 남지 않은 나무 아래 세워 두고 온 지겨운 애인도
어둠 속에 참외처럼 노랗게 돋아나는 저녁
몸을 바닥에 묻고 눈만 내놓고
바람 몰려가는 암청색 하늘을 더듬네

꽃자리 멍들거나
덩굴마름병에 바닥을 구르던 시절 간신히 지나
두꺼운 껍질을 벗기고 반을 가르면
까닭 없이 내 앞에서 즐겁던 씨앗들
문을 열 때까지 참외 속을 지키던
가슴속 씨앗 같던 애인이 노랗게 떠오르는 날
나는 씨앗 빼낸 참외처럼

속이 비었네, 텅 빈 동굴이네
몸을 바닥에 묻고 모래알 굴러다니는
눈동자만 겨우 내놓는 저녁

# 현대, 미술관

연인이 바뀔 때마다
화풍이 바뀌곤 했다

가시덤불에서 새가 날아오르던
붉은 사막을 지나
덜 마른 물감처럼 푸른 달빛 고여 있는
습지를 지나
지금, 여기
웃을 때만 살짝 보이는 너의 잇몸과
밤마다 욱신거리는 왼쪽 무릎까지
동시에 품고 싶어
거울에도 보이지 않는
어제와 내일, 그리고 사후까지
한달음에 다 읽어 내고 싶어
뒤통수에 박힌 한쪽 눈과 비틀린 입술
옆구리에선 세 번째 유방까지
부풀고 있다

연인의 시선에 따라
목덜미를 지나 허벅지 위로

전갈이 기어 다니고 있다
사랑에 빠져 있는 동안
배꼽과 심장의 위치가 바뀐 건
몇 번이던가

# 장미의 배경

장미를 그릴 때 너는
뒤에 숲을 그리곤 한다
숲이 없다면 장미는 너무 초라해
지루한 숲에라도 기대야겠지

차라리
물속의 장미
구름 속의 장미
사막의 장미
숨이 차고 목이 타겠지만

오늘은 잿더미 속의 장미를 그리기로 한다
잿빛은 장밋빛과 너무 다르지
내 장미는 잿더미와 잘 어울려
잿더미 위에 피어난 심장
불타고 난 뒤 아직도 피 흘리는

새벽 두 시 칠흑의 장미
그 부서진 심장으로 나는
가장 향이 강한 향수를 만들지

장미의 배경에는
숨어 울고 있는 사람이 있다
그와 몇 번 눈을 마주친 적이 있다
이승 아닌 듯한 곳에서

## 조각 그림 맞추기

내 오른쪽 어깨가 네 왼쪽 겨드랑이에 들어가
딱 맞아떨어지던 기억이 있다

너와 나 사이, 막막한 바다 위에
가라앉지 못하고 떠다니는 것이 있다
파도와 바람이 휘저으면
흩어졌다 모이고, 모였다 다시 흩어진다
그동안 숱한 생물들이 멸종했다

너는 뜨겁지만 늘 모래바람이 인다
너를 생각하면 나는 쩍 쩍 갈라진다
느닷없이 내겐 번개가 치고 스콜이 쏟아지기도 한다

집 뒤 무덤가에서 나는
손잡이가 떨어져 나간 푸른 꽃병을 하나 발굴했다
네가 사는 동네에서도 깨어진 꽃병
손잡이를 캐내 버린 적이 있다고 들었다

내 기억의 볼록한 해안선이 너의 만곡부에 꼭 들어맞는다
남아메리카 동부 해안과 아프리카 서부 해안처럼

2억 년 전에는 하나였던 사람

# 새장을 키우는 사람

내 갈비뼈 사이에 똥을 싸는 새들, 울음을 바닥에 점점이 떨어뜨려 놓고 오른쪽 구석으로 몰려간다 옆구리가 결린다 새가 창밖을 보고 있어 블라인드를 반쯤만 내린 방, 어느 쪽에 먹이가 더 많은지 어느 비탈에 걱정이 많은지 눈먼 방이다 먹이보다 빛이라는 듯 제 그림자를 끌고 창가로 몰려드는 새들

내 그림자를 쪼아 댄다 쿡쿡, 전선처럼 얽힌 내 신경줄 위에 앉아서 쿡쿡, 방향 없이 울어 댄다 쿡쿡, 운석이 폭발하는 밤 쿡쿡, 쑤시는 등골에 별 두 조각이 박혀 쿡쿡, 새장이 되었다

새장에 갇히는 울음도 있나 날개를 가둘 수는 있지 울음을 가둘 수는 없지 잠글 수는 더욱 없지 나는 다만 새장을 키우는 사람

울음소리가 전과 다른 새들, 나는 왼쪽으로 돌아눕는다 횡격막 밑을 서성이다 새장으로 들어가 스스로 갇히는 새도 있다 반쯤 썩은 붉은 돌을 문지방에 토해 놓고 밖을 내다보는 새들, 나는 얼른 벽 쪽으로 돌아눕는다 너를 재우기 위해

나를 재운다 새들을 잠시 다른 별에 풀어놓는다

어떻게든 너를 다시 새장 속으로,

짝눈

시소를 탄다
오른 눈에 비친 세상과 왼 눈에 비친 그 너머
늘 한쪽이 더 무겁다
매달려도 주르륵 미끄러진다

서로 다른 곳을 보는 두 눈 사이로
세발자전거가 굴러가고
파랑새 악보가 날아오르고
심장을 앓는 청년이 한숨지으며 지나갔다

여기와 저기의 거리는 얼마쯤인가
중앙선을 넘어 포개질 듯 가깝거나
하행선의 전조등과 상행선의 후미등처럼
깜빡이며 멀어지는 너와 나

불 꺼진 가로등처럼 윤곽이 지워진 얼굴들
왼 눈이 문득 불 켜면
오른 눈이 벌써 스위치를 내린다
기억을 더듬어 후진하던 길
사각에 갇혀 우는 낯익은 여자를

하마터면 칠 뻔했다

너는 자전거였다가
새였다가
청년이었다가
나의 배경이 되려 한다
어른거리는 것들에 나는 붙잡혀 있다
흔들리는 배경 속에 꽃이 핀다

재활용


마흔에 햄릿을 버렸다
폐경 이후에
D. H. 로렌스도 버렸다
최근엔 프로이트까지 버렸다

동이 트기 전
수거함을 뒤졌다
프로이트를 탁탁 털어
다시 주워 왔다
밤새 뜬눈으로 잠꼬대하는 꿈
—새들이 자꾸 울려고 하는 것 같아요
해석이 필요하다

잘하면 떡이 될지도 모른다

# 원스 인 어 블루 문(Once in a blue moon)

한 달에 두 번 보름달이 뜬다네
두 번째 보름달은 푸른 달이지
구름 속으로 하마가 날아다니고
발 없는 새들이
숲 속에서 마지막 춤을 추는 밤
헤어진 연인들이
달나라에서 문자를 보내오고
사과꽃이 한꺼번에 후드득 진다네
눈먼 새는
암청 하늘로 황급히 날아가고
다음 날엔 사과가 주렁주렁 열린다네
푸른 달 아래 사과꽃 밟으며
우린 누구나 죄인이 되지만
누군가는 아직도 무염시태를 꿈꾸지만
나는 장미보다 가시의 정원을 꿈꾸네
모든 상처 간신히 아문 뒤에 감기로 죽고 싶지는 않다네
죽음이 살갗 밖으로 푸르스름 혈관처럼 내비치는 밤
달빛이 분수처럼 쏟아져 나오는 색소폰을 불며
비소 먹은 듯 그렇게 푸른 꽃을 피우고 싶네

# 불곰이 불쑥

불곰이 내 코를 뭉개 놓았어
입술과 아래턱을 물어뜯었어

개그 콘서트를 보다 깔깔거리면
목구멍에선 흐느낌이 흘러나오고
비바람이 몹시 치는 밤에는
한쪽 눈만 감고도 잠이 들었지

숨도 쉴 수 없는 콧구멍들
키스도 할 수 없는 반쪽짜리 입술을
새것을 구해다 이어 붙였지
단정하고 사려 깊은 구멍을 뚫어 주었네

잠에서 문득 깨어 거울을 보면
불곰이 나를 마주 보네
말라죽은 나무뿌리 밑에 숨어 지내다
밤에만 잠시 뛰쳐나온 얼굴
죽은 짐승의 고기 냄새가 배어 있는 얼굴
그 앞가슴엔 내 손톱이 새겨져 있지

반은 어제이고 반은 오늘인 새 얼굴

낯선 얼굴이 정말 맘에 들어

고열 속에 피부가 울퉁불퉁해지는 날

얼굴 밖으로 불곰이 발을 불쑥 내밀지만 않는다면

거울 속에서 얼굴 반쪽이 갑자기 사라지지만 않는다면

## 20초 동안만

자고 일어나면 베개가 푹 젖어 있다
두피가 자주 가렵다

불을 껐는지
문을 걸었는지
방금 본 그 얼굴
언제부터 알던 사람인지

20초 전부터 사랑했고
20초 동안 잊지 않았다
20초 전에 떠나보냈고
20초 동안 슬퍼했다

20초 동안만 살다 가는 날벌레처럼
평생 한 꽃송이만 그리워하고 사랑한다면
평생 한 비바람만 잊지 못하고 슬퍼한다면

20초 동안만
기억할 수 있는 사람들
슬픔도 힘이 없고 자꾸 끊어진다

막 피어나는 꽃밭과 짙어지는 비구름 속에서

뇌수술 후
20초 동안만
기억할 수 있다는 그 남자처럼

뒤통수 없는 얼굴들이
어깨를 부딪히며 지나간다

# 멍멍한 왼쪽 귀와 오른쪽 귀 사이

그가 떠다니고 있어
외롭게 배부른 어제의 단면에는
기름진 작은창자와 큰창자가 차곡차곡 개켜져 있지
창백한 허파는 싸늘한 바람을 안고
어제와 오늘 사이를 숨차게 벌렁거리지
푸른 포름알데히드 어항 속에서
그는 더 이상 내게 꼬리 치지 못하지
나를 물어뜯지도 못하지
기억의 안개 속으로
전기모터가 달린 심장을 둥둥 울리며 떠다닐 뿐
유리벽 너머로 빤히 들여다보일 뿐
아무리 손 뻗어도 그를
쓰다듬을 수 없지, 안을 수 없지
그러나 언제나 한 발짝만 다가서면
서로의 차가운 이마가 부딪혀 쨍 하고 깨질 듯한 거리
단단한 유리 벽을 사이에 두고
내 양쪽 가슴뼈가 대칭을 이룬 터널 속으로
그가 한쪽 눈을 찡긋하며 흘러가지
해독하기 힘든 고래 울음처럼 웅웅거리지
지금도 쉬지 않고 다른 바다로 가는 중이야

여기를 떠나 저기로 가는 중이지
눈 깜짝할 새 떠나온 너를
지금도 계속 떠나는 중이야

# 월명(月明)

새 차를 몰고 온 그
운전석 옆에는 내가 앉아 있고
몇 날 몇 밤을 계속 달리네
얼마나 더 가야 하는 걸까
달이 너무 밝아
나는 깜빡 잠이 들었네
운전석에는 아무도 없는데
차는 쉬지 않고 달리네
아무 곳에도 도착하지 못하네
그의 영혼을 달래 줘
달이 두 개 뜨는 먹밤
시든 꽃잎 떨어지지 못하네
언제쯤 나는 내릴 수 있나

# 천 년 여행

탯줄이 매달린 바퀴들, 머리에 꽃을 꽂고 나비를 따라가
는 바퀴들, 지푸라기 인형을 안고 있는 바퀴들, 미끄러져
한쪽 다리가 짧아진 바퀴들, 스키드 마크를 비명처럼 남기
고 중앙선을 넘어가는 바퀴들

아침을 먹었는지, 혈압약을 두 번 먹은 건 아닌지, 낮꿈
속에 딸이 다녀갔는지, 머리맡에 명란젓을 두고 간 건 누군
지, 쭈글쭈글 껍데기만 남은 발을 주무르다 간 건 10년 전
죽은 남편이었는지, 와글와글 개그 콘서트를 틀어 놓고 다
시 잠에 빠져드는 아흔일곱 엄마를

딱풀로 붙인다 침을 발라 붙인다 오공본드로 붙인다 내
눈물 눈곱으로 붙인다 날아가지 마 나비야, 품 안에서 꽃피
던 것들, 심장이던 것들, 심장 태운 재에서 날아오르던 것
들, 쭈그러지지 마 부서지지 마 너의 뒷모습은 찢어진 밤의
목소리, 싸늘한 가면을 바꿔 쓰고 도망치지 마 흩어지지 마

천 년째 나 졸고 있는 동안, 아질아질 어린 내가 철쭉 언
덕 너머 날아가 버리는 동안, 오늘도 네가 한 줌 더 날아
갔다

# 밖에는 비가 오나요

누가 보낸 꽃일까
무슨 일로 사람들 모여든 걸까
내 영혼은 어리둥절 영안실 복도를 서성거리고
밖에는 비가 오는지

막 벌어지던 꽃망울이 떨어지고
달려가던 트럭이 미끄러지고
유리창이 화염병처럼 깨지기도 하겠지
애인에게 갑작스런 이별을 통보받은 남자가
빈소의 편육 접시를 뒤적거릴 때
그가 내뿜는 담배 연기가 허공 속에
동그라미가 되었다가 표정들을 천천히 지울 때

죽은 새의 부리처럼 검은 보랏빛
땅속에 나는 백 년쯤 더 누워 있을 거야
입술이 지워지고 귀에서 떡잎이 돋을 때
밖에는 수만 번 비가 내리고
어디선가 또 풋과일이 떨어지고
새들은 내 가슴이 있던 자리를 종종거리겠지

꽃바구니를 들고 지하 계단을 막 오르려던
물방울 원피스의 여인이 우산을 접는 행인에게 묻겠지
밖에는 비가 오나요?

제4부

# 봉쇄수도원 1


종소리가 멈춘 뒤에도
한동안 출렁이는 종 줄을
젊은 수도사가 붙잡고 있다
면도 자국이 파랗다
동그스름한 귓바퀴가 발갛게 얼어 있다

멈춘 뒤에도
멈추지 않는
종소리

동판에 고통을 새겨 넣던 화가처럼
종은 얼마나 많은 귀를 그 안에
새기려는 걸까

빗장 걸어 잠근 침묵 속
귀가 울고 있다

## 봉쇄수도원 2

별을 관찰하기엔
감옥이 제격이다

캄캄한 쪽창을 통해 보이는 건
젖지도 꺼지지도 않는 별자리

저건 아직 죽이지 못한
나가면 꼭 죽여야 할 별
열다섯 달을 지켜보다
눈 감고도 보이는 별자리

지난밤보다 조금 북쪽으로 물러난
별의 숨소리와 기침 소리
신음 소리도 들린다
살얼음 낀 겨울 하늘에 붙박여
손발이 퍼렇게 얼어드는가
때론 너도 나처럼 죽고 싶은가

원수 같은 별을 관찰하기엔
이중 창문 걸어 잠근 아파트

독방이 제격이다

# 계단의 방향

자루 속에서 발버둥치는 죄수를 끌고
좁은 계단을 오르던 중세 부하라의
집행인들, 무사히 첨탑 정상까지 올라갔을 때
한숨을 내쉬었을까, 한 목숨과 수박 한 덩이 중
정상에서 바닥까지 도달하는 데는
어느 쪽이 더 오래 걸릴까

죽음을 맞는 시간보다는
죽음의 공포를 위한 시간
비지땀을 흘리며 오줌을 싸며
죽음으로 오르는 길고 긴 시간을

차라리 즐겨야 할까
비상계단은 좁고 어두운데
사무실 계단은 너무 숨이 차고
아파트 계단은 지루하지
짜릿한 추락은 한순간인데

계단을 끙끙 오르던 발길이 멈추는 순간
자루 속 심장이 먼저 멈추진 않았을까

먼저 날아오르진 않았을까
가죽 부대를 벗어던진 영혼처럼
날개를 활짝 편 새 한 마리
저 아래 지상에서 숨죽이며 기다리는 군중에게
부채를 활짝 펼친 마술사처럼

구름이 모자를 들어 올리는 순간
그의 정수리에서
갓 태어난 새 한 마리

무화과나무 아래 덜 익은 열매 하나 툭,

# 울음의 내부

상반신 날아간 동종
속을 드러낸 채 앉아 있다
몸뚱이 떨어져 나간 부분이 들쑥날쑥
이 빠진 칼날 같다

발아래 엎드려서라도
네 어둠의 내부를 들여다보고 싶은 적 있었다
바닥을 기어서라도
그 떨림의 끝에 닿고 싶었지만

두께를 알 수 없는 울음은 어디에서 온 건지
바람을 삼키고 번개를 삼키고 그림자를 삼켜
아득한 실개울 작은 조약돌의 숨결처럼 시작된 떨림은

어느 울퉁불퉁한 별이 때리고 간 것일까

반 이상 허물어진 뒤에야
울음은 그 내부를 보여 준다

바닥에 고인 청동 기억 흔들어

남은 생애를 두드려 보지만
이미 어둠을 잃어버린 울음

네가 더 이상 종이 아닐 때
내 심장도 정수리도 날아가 버렸다

## 절강성

잠든 수면 아래, 바닥 그 아래
몇 길씩 진흙이 쌓여 있는 곳
호수 바닥에 발이 닿고도 푹 푹 빠져
아무도 손잡아 꺼내 주지 못하지
비가 오면 하늘과 땅이 섞인다고
빗속에 조각배를 타고 끝까지 건너가
부러진 이빨을 버리고 돌아섰네
한번 크게 부러진 사람은
다시 부러질 게 없지
절강 절강 절강성

죽은 듯 잠잠한 호수에 빗방울
형을 죽인 아우는 왕위에 오르고
유배 간 사람은 편지를 쓰네
절골의 수심을 껴안은 호수 밑바닥에는
오늘도 진흙이 쌓이고 있네, 내파가 있네
바람 일어나는 쪽 헐어 내
어둠의 단층을 뚫고 들어가면
척추동물들 허리 꺾인 기억들
부러지는 순간에도 성장 중이었던

소년의 정강이뼈처럼
성장판 아직 열려 있던 무릎들
한번 빠지면 헤어 나오지 못하던

비바람이 어둠 속에서 절강 절강
부러진 뼈마디들을 건반처럼 누르고 가네

# 하지불안증후군


핏줄 속을 뛰어다니는 얼굴들
한쪽 발을 질질 끌며
발가락을 잘라 내던지며
전류처럼 몰려다닌다
이쪽에서 저쪽 구석까지
발자국을 찍는다, 이제 그만
주저앉힐 수 없는
얼굴들이 모자를 쓰고 깁스를 하고
목발을 짚었다, 석고 붕대 위로
개미들이 기어 다닌다, 회칠한 무덤 위
캄캄한 비문처럼 뭉쳤다가 흩어진다
나를 해독하라고
4분에 한 번씩 나를 깨운다
잠들지 못한다, 외발로 뛰어다니며
밤의 난간 너머로 휘파람을 분다
노래인지 기도인지 비명인지
모자를 벗어던진다
목발을 집어던진다
소리들을 신고 4층에서 뛰어내린다
모자 속에서 발가락들이

건반처럼 쏟아져 나오고
쓰러진 목발 아래 얼굴들이
깔려 있다, 깔 깔 깔
웃고 있다, 반쪽이 죽은 얼굴로
한쪽 눈을 감았다 뜬다
4초에 한 번씩

## 밤의 네 번째 서랍

서랍 속은 동굴처럼 깊었다
날카로운 짐승 울음소리
밭은기침 소리 같은 것이 들렸다
동굴을 울리며 메아리치는
소리 안쪽으로 깊숙이 걸어 들어갔다
걸어 들어갈수록 자꾸만 천장이 낮아졌다
등 뒤에서 무너지는 소리
아예 납작 엎드려 기어가고 있었다
가슴이 바닥에 쓸렸다
바닥에 귀를 대자 점점 커지는 고동 소리
누가 나를 가둔 채로
서랍을 잠그려는 것일까
이 서랍이 다른 길로 통하진 않을까
문득, 목을 꺾자
먼저 죽은 별들이 얼굴 위로 쏟아져 내렸다
텅 빈 서랍 속에
얼어붙은 혀들이 왁자지껄하였다
도망치듯 빠져나오던 내 뒷덜미를
얼굴 없는 목소리들이 낚아챌 듯하였다

싸늘한 석고의 얼굴들이
곁에 와 누워도
더 이상 어두워질 것 없는 밤
네 번째 서랍엔 자물통이
입 꼭 다문 채 매달려 있다

# 통과

방금 전 발이 꽁꽁 묶여 울던
그는 지금 어디 있나
단숨에 숨통을 끊었던 능숙한 도축자가
피를 보지 않고 가죽을 벗긴다
뜨거운 내장을 꺼내 씻는다

해발 3천 미터의 고원을 떠도는 유목민들이
천산의 만년설과 마주 앉아 잔치를 벌인다
향신료를 넣고 삶은 양고기, 내장이
양털가죽 위에 펼쳐져 있다
몇 시간 전 배설한 똥 무더기 옆
아직도 떠나지 못한 냄새 떠돈다

뜨거운 간을 한 점 맛본다
막 삶아 아직 핏기 다 가시지 않은 간
그가 내뿜던 뜨거운 콧김
지금 어디 있나
간은 꼬리 기름과 곁들여 먹어야 더 고소하다

만년설이 녹아 흐르는 계곡

차가운 물속으로 산천어가 지나간다
노란 유채꽃 모가지를 흔들고
지나가는 바람
몇 시간 전 그의 목덜미를 쓰다듬던
그 바람, 아니다
초원을 건너던 가벼운 뜀박질과
그는 지금 어디 있나


울음을 발라낸 고기와 가죽과 털


누군가 여기를 지나갔다

# 입

악착스레 수면으로 솟아오른다
흰뺨검둥오리의 입질을 피해
물밑에서 한 달을 견딘
깔따구 유충들
이삼 일
성충으로 살다 간다

깔따구 성충은 입이 없다
먹지도
물지도 못하는
한평생
이삼 일 짝짓기 후
서둘러 후손을 남기고 간다

온몸이 입인 슬픔을 잊기 위해
인간은
피임 기구를 쟁여 놓고
섹스를 한다

입을 막아도 솟아오르는

口, 口,

절, 절,

구절양장 넘어간다

# 검은 날

예고 없이 지축이 흔들리고
화산이 분출했다

사람들의 발자국 소리
말발굽 소리
수레바퀴 소리

조심성이 많아지던 사람들
아무도 아무것도 믿지 않던 눈빛들

느닷없이 내 팔을 낚아채던 그 사람이 누구였나
귀에 익은 목소리만 남아 있는데

수만 광년 떨어진 이 별
수도원 묘지가 비에 젖는다
북쪽으로 바람이 몰려가고 있다

다시는 환생하지 마라

# 절경

군함조의 입에 물려
시속 400km로 날아가는
제비갈매기의 울음소리

새끼 악어가 발을 버둥거린다
잡히자마자 뱃전에서
목이 잘린 후에도

내가 대필한 편지가
등 돌린 네 연인을 울렸다지

갈라파고스도
아마존도
나도
더 이상 절경이 아니다
먹힐 게 없다면

## 서더리탕

살 발라낸 앙상한 몸통과 대가리
시뻘건 국물 속에서
곤이와 애간장까지 끓고 있다

광어 대가리일까, 도미 꼬리일까
저 시커먼 덩어리는
저 뼈만 남은 가슴은
놀래미? 우럭? 아니면 당신?

악마 머리에 붙어 다니던 천사 아가미이거나
초현실주의 몸통에서 잘라 낸 등지느러미?
신촌 들뢰즈와 불광동 카프카는 일찍이 뼈만 남아 아무
말이 없는데

아주 사적인 생각에 빠져
뼈다귀들이 설설 끓고 있다
거품이 악성 댓글처럼 뭉게뭉게 피어오른다

담 든 몸에 파스 붙이듯
이름을 계속 갈아 붙이고 살던 남자가

126

아파트 11층에서 떨어졌다, 단풍 붉게 물든 늦가을
회 뜨고 남은 살점 군데군데 붙어 있는 뼈다귀가
꼬리지느러미를 흔들며 어디론가 헤엄쳐 가고 있다

짠물에 새기던 사소한 고독의 가시 무늬
익명탕이 홀로 졸아들고 있다

# 붉은 파노

태양이 출발 신호를 보낸다

붉은 게 수백만 마리가 해변으로 밀려간다
파도처럼, 짝짓기를 한다
앞선 놈 꽁무니를 따라간다
잠복한 악어에게 물려 발버둥 치며
물속으로 끌려 들어가는 놈의 머리통을 밟으며
마라강을 건너가는 누우 떼
이동해야만 한다, 묻지 마라
날개에 새겨진 무늬를 짊어지고
모나크 왕나비가 2천 마일을 날아간다
핏속에 그려진 지도에 따라

넘어가야 하는 경계가 있다
저 미친 구름들은 그곳을 넘어왔다

네게로 가려다 얼어 죽은
나비들을 노랑개미 떼가 끌고 간다
꽃상여를 둘러메고 숨이 차게

달려가면 꽃모가지 툭 툭 부러지는 건너편
건너가도 여전히 건너다보이는
건너편, 돌팔매를 던지면
상한 바람에도 실려 오는 꽃향기

태양은 피 끓는 것들의 머리통을 밟는다
가라! 건너가라!

# 지난 60년 동안

포로수용소에 몇 년을 함께 있다가
탈출을 위한 터널을 1년 이상 함께 파다가
잡혀 총살된 동료들의 공동묘지에
90이 넘어 찾아온 퇴역 군인들

죽은 자보다
60년이나 더
세상에 남아 있었다
운이 좋아

지난 60년 동안
손자도 보았다
달팽이 요리도 먹어 보고 바티칸에도 가 보았다
어떤 이는 며느리 장례도 치러 주었다

먼저 떠난 이들은
그 60년 동안
웃지도 않고 울지도 않고
무얼 했을까?
……

어딘가에서 또 다른 터널을 파고 있었을까?

누설


바구니가 엎어졌다
사자, 딸기, 두리하나가 바닥에 쏟아졌다

몽쉘통통, 자몽, 통기타를 주워 담았다
코너를 돌다
다른 카트와 부딪혔다
바구니가 또 엎어졌다

조선, 타조, 선박을 주워 담았다
박수를 쳤다
아이스크림을 빨던 아이들이
손을 흔들어 주었다

사자, 통기타, 박수의 순서로
출판사에 원고를 넘겼다
현실보다 훨씬 더
지루한 내용이
네거리를 메울 것이다

민방위 훈련으로 텅 빈 광화문

신간 코너가 완성되었다

# 여우호수

여우는 샤워기를 틀어 놓고 도주했어
일부러 그랬던 거야
욕조 틈 아래층으로 물이 새지

여우는 토끼 껍질을 벗어 놓고 떠났어
껍질은 그대로 두고 알맹이만 빠져나간 거야
껍질과 알맹이 사이에서
딸꾹질을 참기가 힘들었던 거야

호수는 지금 얼어 있어
여우가 그 안에 있다고도 하지
껍질 벗고 떨던 맨 몸뚱이를
밤안개가 잡아끌었을까 그믐달이 밀어 넣었을까
봄이 오면 철쭉으로 녹아 나를 찾아올 거야
다음엔 내가 얼어붙을 차례거든

4만 년 전 바다였다가
호수였다가
밤마다 하나 둘 뛰어들다가
먼 훗날 소금사막이 되는 곳

# 암흑의 타자 또는 에로스의 덩어리

황현산(문학평론가)

바닷가에 조가비가 널려 있다. 한 아이가 그 조가비를 줍고 있다. 아이는 가능한 한 아름다운 조개껍질을 고른다. 모양이 여느 조개껍질과 닮지 않은 것, 색깔이 좀 더 다채로운 것, 파도에 부서지고 닳아 작고 하얀 바둑알처럼 보이는 것. 아이는 조금 다른 조가비를 고르려 하는데, 문득 어떤 조개껍질도 다른 조개껍질과 같지 않다는 것을 깨닫는다. 다른 조개껍질과 똑같은 조개껍질은 없다. 조개껍질은 저마다 특별하다. 아이는 손에 들고 있던 조가비들을 버리고 망연히 서 있다. 그는 조개껍질들을 분류할 수도 없고 선택할 수도 없다. 조개껍질 하나하나가 그에게 뚫고 들어갈 수 없는 장막이 되었고, 건널 수 없는 심연이 되었다. 철학자 아이는 산과 바다와 하늘을 바라보았다. 나무와 돌과 파도와 구름이 모두 심연이다. 사물은 심연이다. 그는 자신을 둘러싼 저들 사물 앞에서 깊은 외로움과 공포를 느꼈다.

저 아이의 경험은 정채원의 경험이기도 할 것이다. 사물은 심연이며, 그것은 늘 압도적인 권력을 지니고 있다. 그와 사물은 같은 힘으로 맞서지 않는다. 사물은 사물인 그대로 불투명하게 거기 있고, 인간은 제가 안다고 생각하는 사물들의 벽 앞에 눈먼 자처럼 서 있다. 정채원의 시에서 사물은 자주 은유의 힘을 얻지만 그것은 사물이 시인과 깊이 소통하고 있기 때문이 아니라 오히려 사물의 드러난 얼굴이 뚫고 들어갈 수 없는 장막으로 시인을 억압하기 때문이다. 시인은 「어떻씨와 함께하는 11월 저녁」의 첫 두 연을 다음과 같이 쓴다.

> 너와 악수하면 석고로 만든 손가락 하나
> 뚝 부러져 나온다
>
> 포옹할 땐 지푸라기 어깨
> 부실부실 짚 먼지가 떨어져 나오고
> 목덜미엔 칼이 꽂혀 있다
> 쇳조각을 이어 붙인 심장은
> 나의 체온에 따라 뜨거웠다 식었다 한다

제목 속의 '어떻씨'는 물론 쇼윈도의 마네킹이다. 사물은 사람의 형상을 하고 있으나 그 심장은 날카로운 금속이다. 제 온기가 없는 그 사물은 시인이 그 속에 침투하려는 여러 시도의 성질, 즉 열정의 온도를 반영할 뿐이다. 형용사의 다른 말인 '어떻씨' 마네킹은 아마도 시인과 특별한 관계에 있는 어떤 사람을 은유할 가능성이 크지만, 시적 상상력이 성립되는 과정을 성찰한다면, 시인이 그 관계를 말하기 위해 마네킹을 끌어왔다기보다는 그 무정한 괴뢰와의 만남이 무어라고 형용할 수 없는 한 인간을 생각하게 했다고 말하는 편이 옳다. 그렇다고 해서 시인이 그 괴뢰와의 접촉에서 체온을 소비하기만 하였다고 할 수는 없다. 적어도 시인은 자기 체온의 효과를 시험하였다. 어디서와 마찬가지로 여기서도 중요한 것은 자신이 무엇이며, 자신에게 무엇이 있는가를 아는 일인데, 그도 역시 저 바닷가의 아이처럼 제가 만나는 사물 앞에서 깊은 외로움과 공포를 느낀다.

이 외로움과 공포는 어떤 특별한 존재를, 이를 테면 시 「안개표범벌레」의 '안개표범벌레' 같은 상상 동물을 발명하게 한다. 이 벌레는 "덜 익힌 안개표범 고기를 통해" 인간의 체내로 들어와 "대개 망상소화기관에 머물며 불면과 체중 감소를" 일으키며, 그 "알은 꿈길로 스며들어 혈관을 타고" 온몸으로 돌아다니는데, 그 "벌레가 뇌로 침투하면" 그 결과는 아름답기도 하고 끔찍하기도 하다.

> (…전략…) 이 별의 모든 나무들이 속삭이는 소리가 들리고, 잎사귀를 만질 때마다 손가락이 떨어져 나간다고 한다 얼어붙은 땅속에서 꽃의 노래가 들려오고 몇 달씩 짙은 안개 속에 한 발짝도 떼지 못한다고 한다 그리고 무엇보다 언젠가 자기가 떠나온 그 별로 돌아가고 싶은 욕망을 조절할 능력이 급격히 감소한다고, 안개표범과 마주치면 재빨리 피

하든지 아니면 때려잡더라도 고기를 충분히 익혀 먹어야 한
다고 의학자들은 경고했다

　　　　　　　　　　　　　　　—「안개표범벌레」부분

　'안개표범벌레'의 감염자는 필경 시인일 것이다. 시인은
"이 별의 모든 나무들이 속삭이는 소리"를 듣는 특별한 감
각을 지니지만, 그 대가로 제 육체가 피폐해지는 것을 견뎌
내야 하고, 제 별로 돌아가는 일, 다시 말해서 일상의 삶을
포기해야 한다. 그래서 묻게 된다. "이 별의 모든 나무들이
속삭이는 소리"는 실상 밖에서부터 들려오는 소리가 아니라
그의 육체가 허물어지고 그 삶이 무너지는 소리가 아니었
을까. 아니 그보다는 더 낫게 말해야 한다. 나뭇잎들의 속
삭임과 같은 속삭임이 그의 육체 안에 이미 내장되어 있었
으며, 하나의 삶을 무너뜨리고 또 하나의 삶을 넘어다볼 때
만 그 소리를 듣는 것이라고. 진정한 소통이라고 불러야 할
것은 제 존재의 어떤 율조가 그 육체의 격벽을 넘어서서 삼
라만상의 율조와 같은 것이 될 때 비로소 가능한 것이라고.
　시인으로서 정채원은 자신의 생명 안에서 다른 생명, 자
신의 존재 안에서 다른 존재를 끌어내는 능력이 자기에게
있는 것을 안다. 그는 늘 한 사람이 아니며, 그 현상은 거
의 그의 운명이다. 시 「분열의 역사」에 의하면, "동지 그믐
달"이 그를 낳았고, "말복 태양"이 그를 키웠다. 그래서 "낯
선 두 여자가 샴쌍둥이처럼 등을 맞대고 킬킬거리"고, "태
양이 달을 꿀꺽 삼키는 그날을 위해/ 달은 매일 동쪽 방향

으로 13도씩 이동"한다. 시「우로보로스」에서는, 여러 공간이 하나의 시간에 겹치고, 또는 다른 시간이 동일한 공간에서 흘러가며, 그는 여러 시공에서 한 존재로, 또는 단일한 시공에서 자주 얼굴이 바뀌는 자신을 발견한다. 말의 음조와 서술되는 내용이 미묘하게 어울려 있는 시의 후반부를 좀 길게 인용한다.


　　방은 하나뿐이라는데 낯선 방은 자꾸만 열리고
　　먼지바람 날리는 붉은 별에서 뱀처럼 바닥을 기었다
　　어둠 속에 소리쳐 다른 생명체를 찾았다
　　아무 소리도 나오지 않았다
　　밤안개가 입김처럼 가슴을 덮었다
　　수많은 뒤통수가 떡 버티고 선 어둠 속으로 검은 물체가
　　날개를 퍼덕이며 내 어깨를 사납게 치며 사라져 갔다
　　돌아서지 않는 얼굴, 문득 잠 깨면 너와 내가 바뀌어 버
　린 얼굴
　　잠 속의 잠으로 꿈속의 꿈으로 방은 끝없이 이어지고
　　이 방에서 저 방으로 옮기는 사이 서로를 잊었고
　　다른 방에서 마주쳐도 화살 자국을 알아보지 못했다
　　화살을 쏜 자도 화살을 맞은 자도 그 누구도
　　　　　　　　　　　　　　　　　　　—「우로보로스」부분


　　그는 화살을 쏜 자인 동시에 화살을 맞은 자이다. 비극적이기보다는 서정적인 이 다중인격 롤플레잉은, 시의 제목

139

인 '우로보로스' 곧 제 꼬리를 물고 도는 뱀으로 암시되듯, 끝없는 시간의 순환 속에 간헐천처럼 솟구쳐 오르는 기억들의 몽환극으로 이해되어야 하겠지만, 중요한 것은 그 배역과 행위 양식을 창출해 내는 시인의 이상한 능력이다. 아마도 사람들은 전생과 윤회를 이야기할 것이다. 그러나 다른 생의 기억을 쌓아 두는, 그것을 다시 이 삶의 이력 속에 배치하는 기제는 무엇일까. 시를 몇 편 더 읽자.

시 「하지불안증후군」에는 "핏줄 속을 뛰어다니는 얼굴들"이 있다. 그 미세 존재들은 저마다 한쪽 다리가 불편하거나 스스로 한쪽 발에 상처를 내어 '하지불안증후군'을 앓고 있다. "전류처럼" 혈관을 타고 돌아다니는 그것들은 "모자를 쓰고 깁스를 하고", "목발을 짚었"을 뿐만 아니라, 그 "석고 붕대 위로"는 "개미들이 기어 다닌다". 하지불안증후군에 시달리는 한 인간 주체가 있고, 그의 혈관에는 수많은 하지증후군 미세 주체가 있으며, 또한 그 미세 주체에게는 또 다른 미세 주체가 있다. 동형반복의 이 미세 주체들은 큰 주체를 그 세포 수준에서 복제하기만 하는 것은 아니다. 그것들은 "캄캄한 비문처럼 뭉쳤다가 흩어진다". 그의 하지불안증후군은 그가 해독해야 할 문자들이며, 암흑의 형상을 지닌 '시의 덩어리'이다. 그것들은 "4분에 한 번씩" 발동을 하고, "4층에서 뛰어내린다". 그리고는 끝내 "4초에 한 번씩" 신호를 보낸다. 시에서 "4"는 말할 것도 없이 죽음의 기호다. 그의 다중인격은 미세 세계의 계단을 따라 다층을 이루고 죽음의 성질을 띤 시의 덩어리가 되어 그의 내부에서 준동하고 있다.

시 「젖은 손바닥」에서는, 비를 피해 "아가위나무 회갈색 둥치에 기대어" 서 있던 그의 손바닥에서 집 한 채가 태어난다. 집은 황폐한 상태다. 창문이 깨어져 황사 바람이 들락거리고, 전화기에는 전선이 끊겨졌으며, 화분의 선인장에는 가시가 만발하였다. "책상엔 읽다 만 책 몇 권 펼쳐져 있다"는 진술은 이 내면 풍경의 황량함을 한 번 더 강조할 뿐만 아니라, 이 시 전체가 시 쓰기의 알레고리임을 말해 준다. 그러나 그 풍경이 황량하다고 해서 그의 시 쓰기가 황량하다는 뜻은 아니다. 시는 일상의 삶이 파괴되었거나, 무가치한 것으로 인식될 때 태어난다. "젖은 손바닥"에서 태어나는 집이 풍요로워야 할 그의 시라고 하더라고, 그 풍요보다 먼저 그 상상력이 성립되는 방식을 기념한다.

바람이 애써 책장을 넘기고
끊어진 전선 위에 나비가 앉았다 날아가는 날에도
의미심장한 고유명사 하나
속삭여 주지 않았다, 갈색 점무늬 번져 가는 나무 아래
어쩌다 마른번개나 장대비가 예고 없이
내 손바닥을 적시고 지나갔다
                          ―「젖은 손바닥」 부분

고유명사는 누구의 이름이기보다 우연으로부터 벗어난 말을 가리키는 표현이다. 시인은 우연하게 제 것이 된 삶을

벗어나서, 제 안식처이지만 또한 제 굴레인 우연한 제 울타리를 벗어나서, 우발적인 감정과 어쩌다 얻어 걸린 말들을 벗어나서 처음부터 거기 있어야 할 말로 새로운 거처를 짓고 싶다. 그러나 우선 만나게 되는 것은 "예고 없이" 찾아오는 "마른번개나 장대비"일 뿐이다. 더 철저한 폐허가 필요하다는 뜻이겠다. 고유명사이건 다른 말이건, 말은 이 폐허의 밑바닥에서 솟아오를 것이다.

존재의 밑바닥에서, 또는 주체에 억압받고 엄폐되어 있는 '시의 덩어리'로부터 말을 끌어올리기 위한 이 폐허의 장치가 자주 죽음에 대한 공포로 이어지는 것은 당연하다. 시 「공무도하記」에서는 저 「하지불안증후군」에서 암시적으로만 나타났던 죽음이 하나의 인격을 형성한다. "가는귀먹은 귀에 검은 이어폰을" 꽂은, 다시 말해서 누구의 말도 들으려 하지 않는 한 여인이 길을 간다. 그는 횡단보도를 건너가고, "오뎅 국물과 소주잔을 건너"가고, "얼얼한 목구멍으로 언 별을 잔뜩" 삼킨 채, "동짓달 그믐밤을 건너"가고, "은하수를 건너 건너", 힘겹게 아침에 당도한다. "주머니에 돌멩이를 가득 채운 채" 여자는 "강을 건너간다". 여자는 죽음 속으로 들어가는 것이다. 그런데 시인은 한 줄을 떼고 마지막 구절을 적는다.

그대, 나를 건너지 마오

—「공무도하記」 부분

142

여자는 죽으러 가는 사람일 뿐만 아니라, 그 자체로 죽음의 신이다. 그러나 이 두 겹의 비유 체계를 전복해서 읽는다면, 시인은 또한 강이다. 그의 내면에서 흘러가는 것은 죽음의 언어다. 그러나 죽음의 언어는 '죽은 언어'가 아니다. 그것은 생명을 잃은 언어가 아니라, 오히려 생명의 모든 활동이 거기서 출발하는 언어, 아직 개념과 의미로 환원되지 않은 타자의 언어다. 거기서 한 움큼 집어 올리기만 하면 시가 되는 언어다. 아직 이름이 없는 이 에로스의 덩어리, 이 날것의 생명은 시인 정채원이 '변검(變臉)'하듯 둘러쓰는 온갖 얼굴의 근거지다.

이 해설을 시작하면서 언급하였던 '사물의 심연'으로 다시 돌아가면, 그의 사물은, 그 정체를 드러내지 않을 때에도, 저 생명의 변용과 시시로 조응하기에 그 심연의 여러 수면이 시인의 삶 속으로 불식간에 떠올라 낯선 언어를 촉구하는 힘을 발휘한다. 그에 대한 가장 적절한 설명을 아마도 시 「짝눈」에서 찾을 수 있을 것이다. '짝눈'은 어쩌면 시인의 신체적 조건일지 모른다. 서로 다른 시력을 지닌 좌우의 두 눈이 보는 세상은 "늘 한쪽이 더 무겁"기에 다른 한쪽이 "매달려도 주르륵 미끄러진다". 세상은 그 시소 타기 사이에서 풍경을 형성하고, 시인의 의식에서는 한 세계 위에 다른 세계가 겹친다. 그가 직시하려는 특별한 대상은 자전거가, 새가, 청년이 되었다가, 끝내는 그의 "배경이 되려 한다". 그 어른거리는 배경에 그는 붙잡혀 있다. 그 "흔들리는 배경 속에 꽃이 핀다". 다시 말해서 그 불안정한 시야를 통해 불투

명한 외면의 사물과 기민하게 웅성거리는 시인의 내면이 일상의 언어로는 파악하기 어려운 조응 관계를 형성한다. 자기 안의 타자에 친숙한 정채원은 마음먹을 때마다 한 세상을 타자들의 세상으로 바꿀 줄 안다.

낯선 공간에서 낯설게 돌출하는 하나 이상의 공간들, 그 공간들이 이어 붙거나 겹쳐지는 복합적 거주지들, 한 삶에서 다른 삶으로 이음매 없이 건너가는 기이한 시간 여행, 다른 존재를 중층적으로 끌어안고 또다시 다른 존재를 향해 계단을 밟고 올라서는 다중인격 존재는 정채원의 시 어디서나 만나게 되는 주제이다. 정채원은 여러 개의 자아를 안고 산다. 아니, 다중인격이나 복수의 자아라는 말은 정확한 표현이 아니다. 정채원에게는 지극히 능동적인 에로스가 있다. 이 타자의 덩어리는 늘 풍경 하나를 형성하며 그때마다 다른 얼굴을 들고 출몰할 뿐만 아니라 자신에게 가장 적합한 말을 펼쳐 들었다가 그 미로 속으로 사라진다. 정채원의 시는 말이 곧 에로스인 것을 지극히 선명하게 보여 준다.